The Dream on
Blanca's Wall

El sueño pegado en la pared de Blanca

Poems in English and Spanish
Poemas en ingles y español

by Jane Medina

Illustrations by Robert Casilla

Wordsong

Boyds Mills Press

To the faculty of the School of Education, California State University, Fullerton, whose belief in me was a dream come true. And to the student teachers there, who create new dreams through their faith in themselves

—J. M.

To all boys and girls with a dream on their wall

—R. C.

The publisher wishes to thank Esther Sarfatti and the family of Carmen Garcia Moreno for their help in editing the Spanish translation.

Text copyright © 2004 by Jane Medina
Illustrations copyright © 2004 by Robert Casilla
All rights reserved

Published by Wordsong
Boyds Mills Press, Inc.
A Highlights Company
815 Church Street
Honesdale, Pennsylvania 18431
Printed in China

Publisher Cataloging-in-Publication Data (U.S.)

Medina, Jane.
   The dream on Blanca's wall = El sueño pegado en la pared de Blanca : poems in
English and Spanish / by Jane Medina ; illustrations by Robert Casilla. —1st ed.
[48] p. : ill. ; cm.
Includes glossary of Spanish words.
Text in English and Spanish.
Summary: Poems describe the life of an immigrant family's young daughter
who dreams of being a teacher.
ISBN 1-56397-740-0 hc 1-59078-264-X pb
1. Children's poetry, American — Translations into Spanish. 2. Children's poetry, Hispanic
American (Spanish) — Translations into English. 3. Immigrants — Juvenile poetry.
4. Hispanic Americans — Juvenile poetry.
(1. American poetry. 2. Immigrants — Poetry. 3. Hispanic Americans — poetry.
4. Spanish language materials — Bilingual.) I. El sueño pegado en la pared de Blanca.
II. Casilla, Robert, ill. III. Title
811/. 54 21 PS3563.E2398D7 2004
2003111578

First edition, 2004
The English text of this book is set in 13-point Clearface.
The Spanish text of this book is set in 13-point Garamond.
Visit our Web site at www.boydsmillspress.com

10 9 8 7 6 5 4 3 2 1 hc
10 9 8 7 6 5 4 3 2 1 pb

Contents

The Dream on My Wall

I have a dream on my wall.
I drew it in the second grade.
The teacher said,
    "Draw your dreams, boys and girls.
    Draw the dreams that only you can see."
Most kids drew
    rooms full of dollar bills,
    or pretty houses with flowers and chimneys,
    or toys or candy or Disneyland.
But I drew a dream
    of a class full of kids
    and a pretty brown teacher
    who looked just like me.

I have a dream on my wall.
I stuck it there with yellow tape.
Now the tape is curling at the ends.

El sueño en mi pared

Tengo un sueño en mi pared.
Lo dibujé durante el segundo grado.
La maestra nos dijo:
        —Niñas y niños, dibujen sus sueños,
        dibujen los sueños que sólo ustedes pueden ver.
Casi todos los niños dibujaron
        salones llenos de billetes,
        o casas bonitas con flores y chimeneas,
        o juguetes o dulces o Disneylandia.
Pero yo dibujé un sueño
        de un salón de clase lleno de niños
        y una maestra morena bonita
        muy parecida a mí.

Tengo un sueño en mi pared.
Lo pegué con cinta adhesiva.
Las puntas de la cinta están despegándose ahora.

Blanca Isn't

Blanca means "white."
But Blanca isn't white like snow on the mountains.
Blanca isn't white like clouds in the sky.
Blanca isn't white like apricot blossoms.

I know.
My name is Blanca.
I'm brown.

Blanca no es . . .

Blanca significa "blanco," pero
Blanca no es blanca como la nieve en las montañas.
Blanca no es blanca como las nubes en el cielo.
Blanca no es blanca como las flores del chabacano.

Ya lo sé.
Me llamo Blanca
pero mi piel es morena.

Kindergarten

I remember Ms. Flowers.
She was so pretty,
     just like her name.
     Her fingers were like
soft, white petals when she held my hand.
Her smooth hair even smelled like a flower.

When I used to play *la escuelita* at home,
I would plant
my little brother, Beto, and Chico Bear
and my three Barbies in straight lines,
just like Ms. Flowers planted our class
on the carpet at school.
I would make Beto
sing to me politely,
     "Good morning, Ms. Flowers."

Then I made noises that sounded just like English.
It made me feel
     like I was growing into Ms. Flowers.
But I had to be careful not to look at my fingers,
     my little brown twigs.

Sometimes
     I covered my hands and face
     with talcum powder.
I looked just like Ms. Flowers for a while.
     I smelled like her, too.

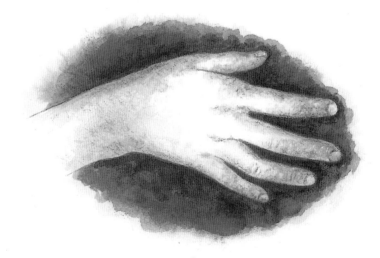

El *kínder*

Recuerdo a la señorita Flowers.
Era tan bonita
      como su nombre.
      Cuando tomaba mi mano
sus dedos se sentían como pétalos,
suaves y blancos,
y su cabello liso olía como una flor.

Cuando, en casa, jugaba a la escuelita,
plantaba a mi hermano Beto,
y a Osito Chico,
y a mis tres *Barbies* en filas derechitas,
como la señorita Flowers nos plantaba
a mí y a mis compañeros
en la alfombra del salón de clase.
Yo hacía que Beto me cantara con mucha cortesía:
      —Buenos días, señorita Flowers.

Luego hacía ruidos que sonaban a inglés.
Sentía que me
      transformaba en la señorita Flowers,
pero procuraba no mirar mis dedos,
      mis palitos color café.

A veces
      me cubría las manos y la cara
      con talco.
Por un rato me veía exactamente como la señorita Flowers.
      También olía como ella.

Lucky Beto

Beto has such big brown eyes
and such shiny brown hair
and such Gerber-baby lips
that everyone likes to touch him.
They rub the top of his head
like he's a good luck charm.
Even wrinkly, dark men at the barber's,
even kids who are just
a little older than me
mess up his hair
and smile down at him.

"Tiene la sangre dulce,"
Mamá says.
And I say,
"That's disgusting!
Who wants sweet blood?"
So *Mamá* pinches me.

No one touches me
the way they touch
Beto.

La suerte de Beto

Beto tiene ojos cafés tan grandes,
y pelo café tan brillante,
y unos labios tan dulces
que a todos les gusta tocarlo.
Le soban la cabeza
como si fuera amuleto de buena suerte.
Hasta los viejos arrugados y morenos en la peluquería
le acarician el cabello
y le sonríen.

—Tiene la sangre dulce—
dice Mamá,
y yo digo
—¡Fúchila!
¿A quién le gusta la sangre dulce?
Entonces Mamá me pellizca.

Nadie me toca
como todos tocan a
Beto.

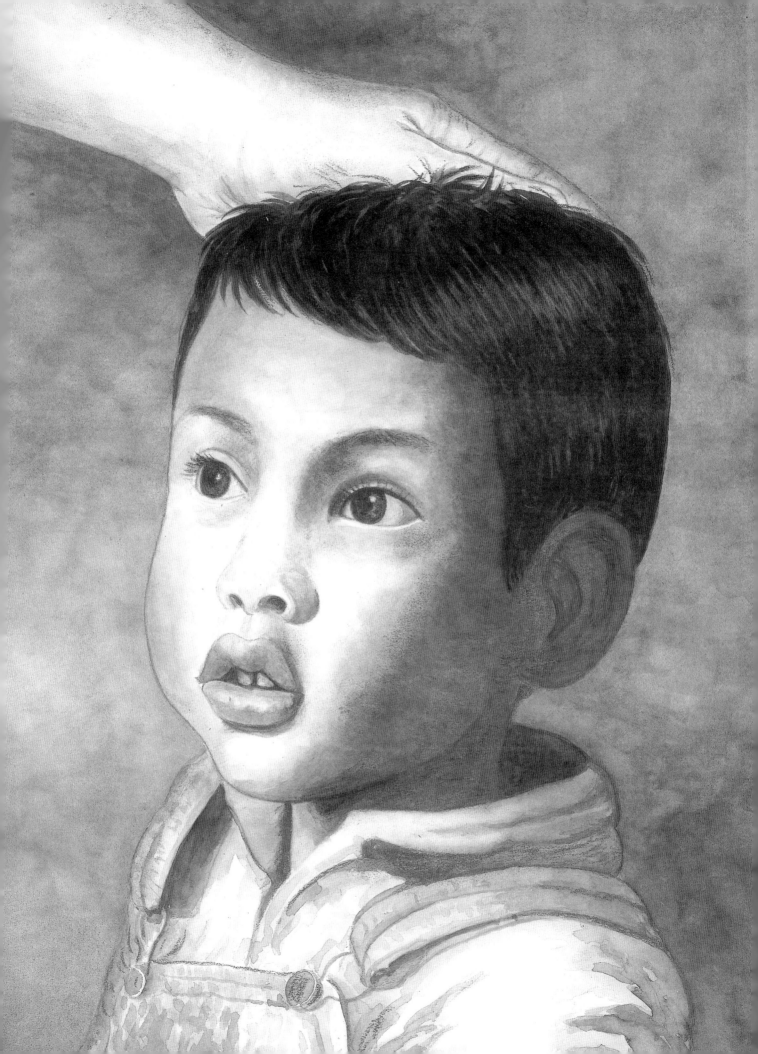

Braids

My mom knows how to make
all kinds of braids.
I always had to stand still
forever every morning
so she could
brush and brush
and pull and twist
my wire hair
into a perfect black French hat
or a twirling acrobat's rope
or a snake curling up and up,
ready to bite
any boy who touched my head.

She didn't understand
when I told her that
only little girls wear braids.

Finally,
I'm standing still for one more forever.
This time *Mamá* is holding scissors
instead of a brush.
I listen to the quiet *hush-hush*
sound of the scissors,
and the quiet sniffing of *Mamá*.

Now I watch her getting the broom.
She's sweeping up
my hair and
her tears
into a pile on the floor.

Why do I
still feel like a little girl?

Trenzas

Mi mamá sabe hacer
toda clase de trenzas.
Cada mañana tenía que quedarme
parada y quietecita
por una eternidad
mientras ella cepillaba y cepillaba,
jalaba y torcía
mi pelo de alambre,
y lo arreglaba como un sombrero francés negro
o como la cuerda de un acróbata,
o como una culebra estirándose hacia arriba
lista para morder
a cualquier niño que me tocara la cabeza.

Mamá no me entendía
cuando le decía
que sólo las niñitas llevan trenzas.

Por fin, una vez más,
me quedo parada una eternidad.
Esta vez mamá tiene unas tijeras en la mano
en vez de un cepillo.
Escucho el roce sordo de las tijeras
y el llanto apagado de mi mamá.

La veo ahora
sacar la escoba
y barrer mi pelo,
y sus lágrimas,
en un montoncito
en el piso.

¿Por qué todavía me siento
como si fuera una niñita?

Beans and Chewing Gum

I like my sixth-grade teacher, Mr. North.
He's a good teacher.
But poor Mr. North is like beans and chewing gum.
He's got these chubby, pink bubble cheeks
and these tiny circle glasses
that make his eyes look like
two lonely beans on a big white dinner plate.
The boys in my class call him
Frijolitos.
They laugh at him when he tries
to speak Spanish,
'cause he makes the words
sound like he's chewing gum.

I get mad at those boys!
And I try hard not to
giggle.

Frijoles y chicle

Me gusta el señor North, mi maestro de sexto grado.
Es un buen maestro.
Pero, pobre del señor North,
es igual a los frijoles y al chicle.
Tiene los cachetes abultados y chapeados
como bombas de chicle
y usa unos pequeños anteojitos redondos
que hacen que sus ojos se vean
como dos tristes frijoles en un gran plato blanco.
Los niños de la clase le dicen
"Frijolitos."
Se ríen de él cuando trata
de hablar en español
porque sus palabras suenan
como si estuviera masticando chicle.

¡Me enojo con esos niños!
Y trato de no reírme.

Not Bored

Mr. North is scared of being boring.
He jumps off the table to show us "descend."
He pretends he's throwing up to show us "revolting."
He kneels on the floor and cries like a baby to show us "plead."

But Carmen has him worried.
Carmen sleeps in class.

"What's the matter, Carmen?
Don't you understand?
Are you bored?"
Carmen doesn't answer him.

Mr. North thinks
Carmen doesn't know enough English
to answer.

She won't tell him,
but she told me.

All the adults and babies
get to use the beds and sofas
at her apartment.
Carmen sleeps on the floor
with her wiggly sister Susana,
who always steals the blanket,
while the *cucarachas*
dance the *jarabe tapatío* next to them
all night long.

Carmen's not bored.
She's tired.

No está aburrida

El señor North teme aburrirnos.
Brinca de la mesa para mostrarnos "descend."
Hace como que vomita para mostrarnos "revolting."
Se pone de rodillas y llora como un bebé para mostrarnos "plead."

Pero Carmen le preocupa.
Carmen se duerme en clase.

—¿Qué pasa, Carmen?
¿No entiendes?
¿Estás aburrida?
Carmen no le contesta.

El señor North piensa
que Carmen no le contesta porque
no sabe suficiente inglés.

No se lo dirá a él
pero a mí sí me lo dijo.

Los adultos y los bebés son los que
usan las camas y los sofás
en su apartamento.
Carmen duerme en el piso
con la inquieta hermanita Susana,
quien le quita la cobija
mientras las cucarachas
bailan un jarabe tapatío
junto a ellas
toda la noche.

Carmen no está aburrida.
Tiene sueño.

Kristen

Kristen was the only white girl
in my first-grade class.
She had a blue bunny sweater
with orange carrot buttons.

I always wanted to be her friend.
I wanted to poke her little carrots,
but I didn't know how to say "button"
in English.

Her pretty blond mother
would march fast,
clicking her pointy high heels
down the hall,
while Kristen hopped
behind her.
Kristen's mom kept her steel eyes straight ahead
like a soldier.
She tried not to look at any of us kids.
She tried not to hear any of us speak Spanish.

One morning,
while Kristen was hopping
and her mother was marching,
Kristen waved to me
and said,
"*Hola*, Blanca."
Her mom pulled her
to the other side of the hall
and made Kristen
march with her.

I never saw Kristen
after the first grade.

Kristen

Kristen era la única niña blanca
en mi clase de primero.
Tenía un suéter azul de conejito
con botones como zanahorias.

Siempre quise ser su amiga.
Quería tocar sus zanahorias,
pero no sabía como decir "botón"
en inglés.

Su mamá, bonita y rubia,
caminaba rápidamente,
mientras resonaban sus zapatillas
por el pasillo,
mientras Kristen
la seguía brincando.
Su mamá mantenía sus ojos acerados
enfocados adelante,
como un soldado.
Trataba de no vernos a nosotros los niños.
Trataba de no oírnos hablar español.

Una mañana,
mientras Kristen brincaba
y su mamá marchaba,
Kristen me saludó
y dijo
—Hola, Blanca.
Su mamá la jaló hacia el otro lado del pasillo
e hizo que Kristen
marchara a su lado.

Nunca volví a ver a Kristen
después del primero.

Chocolate Milk

Mrs. Farley is the oldest
      person I know.
Her skin looks like Edgar's white shirts
      before *Mamá* irons them.

Whenever *Mamá* and I make sweet corn *tamales*,
I bring some to Mrs. Farley,
and she makes me some chocolate milk.
I lie to Beto and tell him that Mrs. Farley
      doesn't like little boys
'cause they stink and wiggle too much
      and they always spill.
Beto says he doesn't stink and wiggle.
      But he knows he spills.
So Beto knows
that I don't have to share Mrs. Farley with him.

One time I asked Mrs. Farley
why she was the only white lady in the *barrio*.
She poured two glasses of milk
and took the chocolate powder
      out of the cupboard.
"Well, honey," she said,
"everybody here used to be
white like me."
"Why did they go?" I asked.

She put two spoonfuls of powder
      in each glass
and gave me one.
Our spoons made
      nice clinking noises
      as we stirred.
The milk turned to a rich brown.
"I guess they didn't like the way
      things changed," she said.
The thick *tamale* smell
      floated above the kitchen table.
"They just didn't know
      how sweet
      you all are."

We smiled at each other and drank
      our chocolate milk.

Leche con chocolate

La señora Farley es la persona más vieja
      que conozco.
Su piel se parece a las camisas blancas de Edgar
      antes de que mi mamá las planche.

Cuando mamá y yo hacemos tamales dulces de elote,
yo le llevo unos a la señora Farley,
y ella me hace leche con chocolate.
Le miento a Beto y le digo que a la señora Farley
      no le gustan los niñitos
porque apestan y se mueven como gusanos,
      y siempre derraman los vasos de leche.
Beto dice que no apesta y que no se mueve como gusano,
      pero no niega que derrama los vasos de leche,
así que Beto sabe que
no tengo que compartir a la señora Farley con él.

Una vez le pregunté a la señora Farley
por qué ella era la única persona blanca
      en el barrio.
Sirvió dos vasos de leche
y sacó el chocolate en polvo
      de la alacena.
—Bueno, m'hija —dijo—,
hace mucho aquí todos eran
blancos como yo.
—¿Por qué se fueron? —pregunté.

Sirvió dos cucharadas del polvo
      en cada vaso
y me dio uno.
Nuestras cucharas tañían
      como campanitas
      cuando mezclamos la leche.
La leche tomó un bonito color café.
      —Supongo que no les gustó
      como el barrio cambió
El aroma espeso de los tamales
      flotaba sobre la mesa de la cocina.
—No sabían lo dulce
      que son todos ustedes.
Sonreímos y tomamos
      nuestra leche con chocolate.

The Sign

There's only one thing written in Spanish at school.
    It's a rusty metal sign
    on the wire fence near the office.
    It lists everything you can't do.

   *No fumar
   No bebidas alcohólicas
   No animales
   No entrar sin permiso*

El letrero

Sólo en un sitio en la escuela hay algo escrito en español.
    Es un letrero de metal oxidado
    que está en la cerca de alambre cerca de a la oficina.
    Indica todo lo que no se permite:

    No fumar
    No bebidas alcohólicas
    No animales
    No entrar sin permiso

*No smoking
No alcohol
No animals
No trespassing

No entiendo

Mamá used to help me do my homework
        until I was in the third grade.
Since then, whenever I ask for help, she says,
        "No entiendo, m'hija."

Well, I don't understand, either.
I don't understand my homework.
I don't understand
        why I'm going to be in trouble
        for not doing it.
And I don't understand why my *abuelito*
        couldn't pay for my *mamá*
        to live in another town in Mexico
        so she could go
to the third grade.

¡No entiendo!

No entiendo

Mamá me ayudó con mi tarea
        hasta que llegué al tercer grado escolar.
Desde entonces, cuando le pido ayuda dice,
        —No entiendo, m'hija.

Bueno, tampoco yo entiendo.
No entiendo mi tarea.
No entiendo por qué
        me van a castigar por no hacerla,
y no entiendo por qué mi abuelito
        no tuvo dinero
        para que mi mamá
        viviera en otro pueblo en México
        donde pudiera asistir al tercer grado.

¡No entiendo!

Mistakes

I make so many mistakes,
my erasers disappear.
They turn into
> short pink hairs
> that cover my paper and my desk.

Irma gets tired of lending me her eraser.
"*Si no fueras tan mensa . . . ,*" she whispers
> as she pulls off her pencil-top eraser
> and tosses it on my desk.
Everyone near us giggles
> when they hear Irma say I'm dumb.

Well, I get tired of some things, too.

So this morning
when Irma went to the bathroom,
I pulled off her eraser,
> and I stuck it on the end of my bald pencil.

Irma told the teacher I stole her eraser.
He didn't believe me
> when I said that my mom bought it.

Now Irma says
I can't ever borrow her eraser,
and I can't ever be her friend.

I even make mistakes that
> I can't erase.

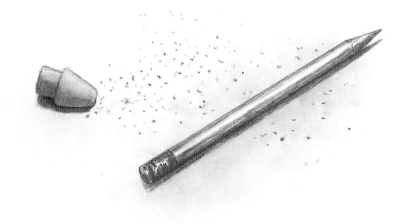

Errores

Cometo tantos errores
que mis gomas se acaban.
Se convierten en
      pelitos color de rosa
        que cubren mi trabajo y mi escritorio.

Irma se cansa de prestarme su goma.
—Si no fueras tan mensa . . . —me susurra
      mientras quita la goma de su lápiz
      y la avienta a mi escritorio.
Todos los niños que están cerca se ríen
      cuando oyen a Irma decir que soy mensa.

Bueno, yo también me canso de algunas cosas.

Así que esta mañana,
cuando Irma fue al baño,
le quité la goma de su lápiz
      y se la puse en mi lápiz pelón.

Irma le dijo al maestro que yo le robé la goma.
Él no me creyó
      cuando le dije que mi mamá
      me la compró.

Ahora Irma dice
que ya nunca me prestará su goma
y que ya nunca será mi amiga.

A veces cometo errores
      que no puedo borrar.

The Parent-Teacher Conference

"Blanca, tell your mom
that I'm very worried
about you."

*"Dice el maestro
que está muy contento
conmigo."*
(My teacher says
that he's very happy
with me.)

"Tell her
the reason you're getting
this D in social studies
is because you're not trying."

*"Dice que esta 'D'
significa que estoy muy
dedicada a mis estudios."*
(He says that this D
means that I am very
dedicated to my studies.)

"And your homework grade
is Unsatisfactory
because you don't always
turn it in."

*"Dice que mi tarea
siempre es
muy satisfactoria."*
(He says that my homework
is always
very satisfactory.)

"Blanca,
ask your mom
why she's smiling."

La conferencia

"Blanca, tell your mom
that I'm very worried
about you."
(—Blanca, dile a tu mamá
que estoy muy preocupado
por ti.)

—Dice el maestro
que está muy contento
conmigo.

"Tell her
the reason you're getting
this D in social studies
is because you're not trying."
(—Dile que recibiste
esta "D" en ciencias sociales
porque no te esfuerzas.)

—Dice que esta "D"
significa que estoy muy
dedicada a mis estudios.

"And your homework grade
is Unsatisfactory
because you don't always
turn it in."
(—Y la calificación de tu tarea
es "No satisfactoria"
porque no siempre
la entregas.)

—Dice que mi tarea
siempre es
muy satisfactoria.

"Blanca,
ask your mom
why she's smiling."
(—Blanca, pregúntale a tu mamá
por qué sonríe.)

27

Hungry

I get to see my *papá*
> every morning at six
> and every night at six.

He always laughs
and tickles me,
no matter how tired he is.

I tie my arms
around his neck,
so he has to untie me
to get to his jobs on time.

"¡No te vayas, Papá!
> *Don't go!"*
I smile, and
I make my eyes big and sad.

"Ay, mi flaquita," he says.
"If I don't work,
> we won't have anything to eat.
You'll get so skinny,
> you'll disappear into thin air!"

So I let my arms
swing down to my sides
> like loose ropes.

He opens the front door,
and I watch him disappear
> into thin air.

El hambre

Veo a mi papá
> cada mañana a las seis
> y cada tarde a las seis.

Siempre se ríe
y me hace cosquillas.
No importa lo cansado que esté.

Yo enlazo mis brazos
alrededor de su cuello
y él tiene que desatarlos
para llegar a tiempo a su trabajo.

—¡No te vayas, Papá!
> *Don't go!*
Sonrío y abro los ojos,
grandes y tristes.

—Ay, mi flaquita —me dice—.
Si no trabajo
> no tendremos qué comer.
Te volverás tan delgadita
> que desaparecerás con el viento.

Entonces suelto mis brazos
y los dejo colgar a mis costados
> como cordones flojos.

Papá abre la puerta,
> y lo veo desaparecer con el viento.

Becoming a Woman

Irma's big sister Marta turns fifteen today.
Tonight's her *quinceañera*.

I wonder if I'll get to have a *quinceañera*
     when I'm fifteen.

Mamá didn't.

No white dress.
No maids of honor.
No waltz.
No chicken in *mole* sauce.
No presents.
Her birthday came and left.
She turned into a woman,
     and no one noticed.

She says she doesn't care.
She says she was too busy
     scrubbing Edgar's diapers
     to worry about
       becoming a woman.

Volviéndose mujer

Marta, la hermana mayor de Irma, cumple hoy
     quince años.
Hoy tiene su fiesta de quince años.

Ojalá que yo tenga una fiesta de quince años
     cuando yo los cumpla.

Mamá no la tuvo.

No tuvo vestido blanco
ni madrinas
ni vals
ni pollo en mole
ni regalos.
Su cumpleaños llegó y pasó.
Se volvió mujer
     y nadie se dio cuenta.

Dice que no le importa.
Dice que estaba demasiado ocupada
     lavando los pañales de Edgar
     para pensar
       que se volvía mujer.

The Book of Hope

My *papá* has this thick blue book
that he keeps beside his bed.
It has a row of yellow letters
standing together
like they're all waiting in line for something.
Ingeniería, they say.

I know he reads this book sometimes,
because it's not usually dusty.

Mamá says
Papá's book is not really about engineering.
She says
it's a book about hope.

El libro de la esperanza

Papá tiene un libro
grande y azul junto a su cama.
El libro tiene una hilera de letras amarillas
paradas juntas
como si estuvieran en una cola de espera.
"Ingeniería," dicen las letras.

Sé que papá lee ese libro
a veces,
porque no está empolvado.

Mamá dice que
el libro de papá no es realmente de ingeniería.
Dice que es un libro
de la esperanza.

Mrs. Farley's Crows

Mrs. Farley used to be Edgar's best friend.
But now she's mine,
so I have to take care of her.

She uses this thing that looks like
a cage on wheels so she can walk.
It's kind of like a baby stroller,
only no seat.
She has to stand up and push it herself.

She likes to walk around her front yard.
She says she's counting the crows sitting
in the big old Christmas tree near the fence.
"Three French hens,
Two turtle doves."
Then she laughs,
'cause she sings as bad as the crows.

I don't like it when she walks around
under that old tree.
I tell her,
"Mrs. Farley,
don't count those ugly birds.
You might fall down out here."
But she just keeps walking around
and watching those dumb crows.

Los cuervos de la señora Farley

La señora Farley era la mejor amiga de Edgar,
pero ahora es la mía,
y yo tengo que cuidarla.

Para caminar usa una cosa que parece
una jaula con ruedas.
Es como una andadera de bebé,
pero sin asiento.
Tiene que ir de pie y empujarlo.

Le gusta caminar en el patio frente a su casa.
Dice que está contando los cuervos que están parados
en el gran árbol de Navidad junto a la cerca.
—Tres gallinas francesas,
dos tórtolas,
—y se ríe, porque canta tan feo
como los cuervos.

No me gusta que camine
bajo ese árbol viejo.
Le digo,
—Señora Farley,
no cuente esos pájaros feos.
Puede caerse allí.
Pero sigue caminando,
mirando esos pájaros tontos.

Quitting

Edgar used to be the best brother in the world.
He would give me dimes for the gum machine at the *marketa*.
He would make Chico Bear talk to me with a funny voice.
He would tickle me till I begged, "No more!"
He would even help me with my homework.
        But then he quit high school to hang out with his friends.

Edgar quit a lot of things.
He quit sharing.
He quit talking.
He quit laughing.
And he quit thinking.

Maybe he quit being my brother.

El abandono

Edgar era el mejor hermano del mundo.
Me daba monedas para la máquina de chicles en la tienda.
Hacía que Osito Chico hablara con una vocecita.
Me hacía cosquillas hasta que le rogaba —¡ya no!
Inclusive me ayudaba a hacer la tarea.
        Luego, dejó la secundaria para estar con sus amigos.

Edgar dejó muchas cosas.
Dejó de compartir.
Dejó de hablar.
Dejó de reírse,
y dejó de pensar.

Quizás, dejó de ser mi hermano.

The College Joke

Last night at dinner
Edgar was laughing so hard,
he had to hold his stomach
to keep it from
bursting to pieces.
The tortillas and beans
fell out of his mouth
onto the kitchen table
as he choked out two words:
    "College?
      You?"

Mamá, Papá, and I stared at our plates
like they were empty.

"Just kidding.
I don't need to go to college,"
    I mumbled.

Beto chewed and smiled
like he understood the joke.

Someday he'll get it.

La broma de la universidad

Anoche durante la cena
mi hermano Edgar se rió tanto
que tuvo que sujetarse la barriga
para que no le explotara.
Se le salieron las tortillas y los frijoles
de la boca y cayeron
en la mesa de la cocina
mientras farfullaba dos palabras:
    —¿Universidad?
    ¿Tú?

Mamá, Papá y yo mirábamos los platos
como si estuvieran vacíos.

—Estaba bromeando.
No necesito ir a la universidad,
    —susurré.

Beto masticaba su comida y sonreía
como si entendiera la broma.

Un día entenderá.

White Polka Dots

"Please stand."

I got to lead the flag salute
at the school assembly
last Friday.

"Put your right hand over your heart."

Everybody stood up
quiet and tall.

"Ready, begin."

Their faces made
a big brown blanket
with white polka dots
here and there.

". . . one nation under God . . ."

The teachers' faces
made the polka dots.

". . . with liberty and justice
for all."

I noticed
only the kids' faces were brown.

Ruedas blancas

"*Please stand.*"
(Pónganse de pie, por favor.)

Yo dirigí el saludo a la bandera
en la asamblea de la escuela
el viernes pasado.

"*Put your right hand over your heart.*"
(Pongan su mano derecha sobre su corazón).

Todos se pararon
callados y derechos.

"*Ready, begin.*"
(Listos, empecemos).

Sus caras formaron
un manto obscuro
con algunas ruedas blancas
aquí y allá.

"*. . . one nation under God . . .*"
(una nación ante Dios).

Las caras de los maestros
eran las ruedas blancas.

"*. . . with liberty and justice
for all.*"
(con libertad y justicia para todos).

Noté que
sólo las caras de los niños eran obscuras.

Schoolgirl

I felt so smart
after *Papá* helped me study for the test.
I felt so smart
as I wrote down one right answer after another.
I felt so smart
when I got back my paper with happy faces
in both the zeros and an extra-fat "one" in front.
I felt so smart
until I showed Ruby and Diana my paper.

"Good job, schoolgirl,"
Diana sang at me.
They turned away with their heads together,
laughing
like they know something I don't.

La alumnita

Me sentí muy lista
después de que papá me ayudó a estudiar para el examen.
Me sentí muy lista
escribiendo una respuesta correcta tras otra.
Me sentí muy lista
cuando me devolvieron mi trabajo con dos caritas sonrientes
en los dos "ceros," con un "uno" bien gordo adelante.
Me sentí muy lista
hasta que les enseñé mi trabajo a Ruby y a Diana.

—Felicidades, alumnita,
—me cantó Diana.
Se voltearon con las cabezas juntas
y se fueron riéndose
como si supieran algo que yo no sé.

Invisible Blue Flowers

It's Tuesday, so we're visiting
our kindergarten buddy class.
Mr. North is looking at me
reading to my buddy, Sonia,
like he's thinking I'm doing it
all wrong.
So I show Sonia a picture in the book,
and I point at a blue flower.
In my best teacher voice I say,
"*Esta es una* flower."
I make Sonia pretend to
pick the flower off the page
and smell it
and put it in the buttonhole of her sweater.

Sonia's still bending her neck and
smelling her invisible blue flower
when Mr. North
pulls us up out of the garden of little kids
to go back to class.
He walks behind me on purpose.

Out of the blue he says,
"Blanca,
have you ever thought
of going to college so you can become a teacher
when you grow up?"

"Yeah,"
I say, looking down
at the hem
of my blue uniform.
"Well, I think
you'd be a great teacher someday," he says.

I look sideways
and I can see
his white hands
swinging as he walks beside me.
Then I look at
my skinny brown fingers
—like little brown twigs.
I shrug my brown shoulders
from inside my white blouse.

Las flores azules invisibles

Hoy es martes, por eso estamos visitando a
nuestros compañeritos del *kínder.*
El señor North me observa
mientras leo un libro a mi compañerita Sonia,
como pensando que no lo hago muy bien.
Entonces le muestro a Sonia una ilustración en su libro
y le señalo una flor azul.
En mi mejor voz de maestra le digo:
—Esta es una *flower.*
Hago que Sonia se imagine
que arranca la flor de la página
y que la huele
y se la pone en el ojal de su suéter.

Sonia todavía tiene la cabeza agachada
oliendo su flor azul invisible
cuando el señor North
nos hace salir del jardín de niños
para regresar a nuestra clase.
Camina detrás de mí a propósito.

De repente, me dice:
—¿Blanca,
alguna vez has pensado
en ir a la universidad para llegar a ser maestra?

—Sí,
—le digo, bajando la vista hacia
la bastilla
de mi uniforme azul.
—Bueno, yo creo que un día
tú serías una muy buena maestra —dice.

Miro de lado
y veo
sus manos blancas
columpiándose mientras camina a mi lado.
Y miro entonces mis dedos delgados morenos,
como palitos de color café.
Sacudo los hombros
bajo mi blusa blanca.

Who Cares?

"I can't read this, Blanca."
My third-grade teacher
shoved the flat white square
covered with tiny Spanish letters
back across her desk.

"My dad wrote this note to tell you
we're going to Mexico
for a month,
and to please give me homework."

She turned her eyes into sharp slits
and pointed them at my face.
"You'll be a month behind
when you come back, Blanca.
Tell your parents
to wait till summer."

"But my grandfather is very sick,"
I squeaked.

The teacher pinched her lips together
and pulled them down to the bottom of her face.
"Oh.
I'm sorry."

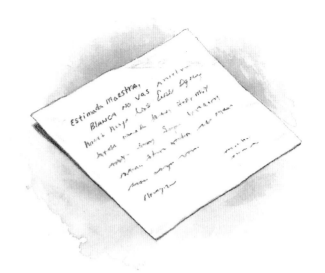

Then she aimed her eyes at me again.
"Why a whole month?
Don't your parents care about your education?
Don't they care about your future?"

I stood in front of her desk,
squeezing my eyes tight.

I didn't tell her how it takes a week to drive there
in our old van and a week to drive back.
I didn't tell her how much money my *papá* had to borrow
from his *compadres*.
I didn't tell her how he had to quit one of his jobs,
and he doesn't know if he'll get it back.

I didn't tell her about the songs *Abuelito*
used to sing to me when I was little.

¿A quién le importa?

—No puedo leer esto, Blanca.
Mi maestra de tercer grado escolar
deslizó hasta mí el rectángulo de papel blanco
cubierto con letritas en español
que estaba sobre su escritorio.

—Mi papá escribió la nota para avisarle
que vamos a México
un mes y para que,
por favor, me dé tarea.

Entrecerró los ojos hasta hacerlos parecer dos hendiduras
y dirigió su mirada hacia mí.
—Cuando regreses, Blanca,
estarás atrasada un mes.
Diles a tus padres que esperen hasta el verano.

—Pero mi abuelo está enfermo,
—contesté con un hilo de voz.

La maestra apretó los labios
y los empujó hacía abajo.
—¡Ah!,
lo siento.

Entonces dirigió su mirada hacia mí otra vez.
—¿Por qué un mes entero?
¿No les importa tu educación a tus padres?
¿No les importa tu futuro?

Me quedé parada frente a su escritorio,
apretando los ojos con fuerza.

No le dije que el viaje hasta allá dura una semana
en nuestra camioneta vieja,
más otra para regresar.
No le dije cuánto dinero tuvo que pedir prestado
mi papá a sus compadres.
No le dije que mi papá tuvo que dejar uno de sus empleos
y que no sabe si lo recuperará cuando regrese.

No le dije nada de las canciones que mi abuelito
me cantaba cuando era pequeña.

Dulcinea

I speak English so good.
No accent.
So Mr. North thinks
I should be
some great reader,
like Yolanda Chavez
on the six o'clock news.

I see Mr. North pushing
his mouth and shoulders sideways
like he's watching
la lucha libre
when he hears me twisting my tongue
around words like "anxiously"
or "exasperated."

Last Christmas,
Mr. North gave everyone a book.
Most of the kids got
those spooky, bloody books
that have cats and hamsters
with green stuff oozing
out of their mouths.
But he gave me
this big, fat book in Spanish.
The cover
had a tall, skinny man on a horse
and a short, fat man on a donkey.

"For you, *Dulcinea*,"
Mr. North said.

Sometimes I think that guy is crazy.

Dulcinea

Hablo inglés muy bien,
sin acento.
Por eso, el señor North piensa
que debería ser una gran locutora,
como Yolanda Chávez,
del noticiero de las seis.

Veo al maestro North torcer
la boca y los hombros hacia un lado,
como si estuviera mirando
la lucha libre,
cuando se me traba la lengua
con palabras como "*anxiously*"
o "*exasperated*."

A cada uno de sus alumnos
la Navidad pasada
el señor North le obsequió un libro.
Casi todos recibieron
libros de sangre y espantos
con gatos y ratoncillos
con un líquido verde
escurriéndoles por la boca.
A mí me dio
un libro grande y grueso en español.
En la cubierta se veía
un hombre alto y flaco montado en un caballo
y un hombre chaparro y gordo montado en un burro.

—Para ti, Dulcinea,
—dijo el señor North.

A veces pienso que está loco.

Back Home

Beto saw it happen.
    Mrs. Farley was pushing her rolling cage
    to the *marketa* around the corner,
    when all of a sudden
    she just fell,
    and she wouldn't get up.
Beto ran up our three steps, yelling,
    "She fall down! She fall down!"
Then Edgar flew out of the house
    to where Mrs. Farley was
    spread out all over the sidewalk.

Since she's come back home from the hospital,
    we go shopping for her
    until she can go herself.
Edgar goes over to her house every day
    even if she doesn't need anything.

At first I was a little mad
that Edgar was taking Mrs. Farley away from me.
But not anymore.

Edgar and Beto wait for me on the sidewalk.
"*¡Apúrate, flaca!*" Edgar yells.
So I fly out of the house in a hurry.
When I jump down all three steps,
    Edgar smiles just like he used to.

He rubs Beto's hair for good luck,
and he tosses us each a dime for a gumball.

We race each other to the *marketa*
    to buy Mrs. Farley
        some milk and chocolate powder.

De regreso al hogar

Beto vio lo que sucedió.
    La señora Farley empujaba su jaula rodante rumbo
    a la tienda a la vuelta de la esquina
    y de repente se cayó
    y ya no pudo levantarse.
Beto subió nuestros tres escalones corriendo y gritando
    —¡Se cayó! ¡Se cayó!
Edgar salió volando de la casa
    hasta donde
    la señora Farley
    estaba tendida en la banqueta.

Desde que regresó del hospital,
    y hasta que ella pueda ir sola,
    nosotros le hacemos sus compras.
Edgar la visita cada día,
    aunque no necesite nada.

Al principio yo estaba molesta
de que Edgar estuviera alejando a la señora Farley de mí.
Pero ya no.

Edgar y Beto me esperan en la banqueta.
—¡Apúrate, flaca! —grita Edgar.
En ese momento salgo volando de la casa.
Cuando salto los tres escalones a la vez,
    Edgar sonríe exactamente como lo hacía antes.

Edgar le soba el pelo a Beto para tener buena suerte,
y nos tira una moneda a cada uno para comprar chicles.

Echamos una carrerita a la tienda
    para comprarle a la señora Farley
        leche y chocolate en polvo.

The Student Teacher

"Esperanza Moreno,"
    the chalkboard says.
Mr. North is smiling so big,
    his mouth hardly fits on his face.
"Tell us about yourself," he says
    to the dark young lady
    standing in front of her name.

So Miss Moreno begins to talk to us
    with a chocolate-sweet voice.

She tells us
    how hungry she was
    when she came from El Salvador as a girl.
She tells us
    how hungry she was to learn,
    how hungry she was to speak,
    how hungry she was to hope.
She tells us
    of college,
    of books,
    and of money.
Then she tells us of a dream she has,
a dream, she says,
    that is coming true.

And I think of the
    dream on my wall:
    the dream
    of a class full of kids
    and a pretty brown teacher
    who looks just like me:

    the dream with the yellow tape
    that's curling
    at the ends.

La aprendiz de maestra

"Esperanza Moreno,"
  dice el pizarrón.
El señor North se está sonriendo tanto
  que la boca casi no le cabe en la cara.
—Dinos algo acerca de ti —le dice
  a la jovencita morena
  que está de pie frente a su nombre.

La señorita Moreno nos empieza a hablar
  con una voz dulce como el chocolate.

Nos cuenta
  cuánta hambre tenía
  cuando vino de El Salvador siendo niña.
Nos cuenta
  cuánta hambre tenía de aprender
  cuánta hambre tenía de hablar
  cuánta hambre tenía para la esperanza.
Nos cuenta
  acerca de la universidad,
  de los libros
  y del dinero.
Luego nos habla de un sueño que tiene,
un sueño que, dice,
  se está volviendo realidad,

y pienso en
  el sueño en mi pared,
  el sueño
  de una clase llena de niños
  y de una maestra morena bonita
  que se parece a mí:

  el sueño pegado con cinta adhesiva
  con las puntas despegándose.

Glossary of Selected Terms

abuelito	grandfather (endearing form)
apúrate, flaca	hurry up, skinny one
barrio	neighborhood
compadres	close friends (godfather to one's child)
cucarachas	cockroaches
Dulcinea	the name of a character in *Don Quijote,* a famous novel by Spanish writer Miguel de Cervantes
la escuelita	pretend school
esta es una	this is a (feminine form)
flaquita	little skinny one
frijolitos	little beans
hola	hello
ingeniería	engineering
jarabe tapatío	a Mexican dance
la lucha libre	wrestling
marketa	market (an English word that is made to sound Spanish)
mole	a thick chocolate-based savory sauce
no animales	no animals
no bebidas alcohólicas	no alcohol
no entiendo, m'hija	I don't understand, my daughter
no entrar sin permiso	no trespassing
no fumar	no smoking
quinceañera	a girl's fifteenth-birthday celebration, when she is considered a woman
si no fueras tan mensa	if you weren't so dumb
tamales (dulces de elote)	a sweet cornmeal dough, wrapped in a corn husk and steam cooked
tiene la sangre dulce	he has sweet blood (an expression that means "he is likable")